歌集

埋み火

谷垣恵美子

Emiko Tanigaki

六花書林

埋み火　＊　目次

I

II

III

Ⅳ

埋み火

装幀　真田幸治

I

（二〇〇三年～二〇一〇年）

真珠の粒は

現し身に沈む澱みを滲ませて鎖骨に軋む真珠の粒は

幽玄に桜しだれて川を染むめぐりに揺るる夜の屛風絵

少しづつずれてゆく気持ち唇にそつと銜ふるクチナシの白

剝がれたるマニキュア赤く塗り重ね呰のごとく闇の深さよ

綾に染むる風紋の流れ風に追ふこころの迷路凜き彷徨へ

木犀の香り染み込むブラウスのフリルゆらゆら胸の洞間《うろま》に

逆風に撓りて揺るるコスモスの自在なる紅空透くごとく

過ぎし日のわが講演のテープ聞く再生はいとも勇気を持ちて

葛藤は常にわが拠る心にも　ツバメ飛び立つ窓に影曳き

しゃにむにとふ落とし穴　落日の帯の真紅に焼かれて沈む

重圧に押し潰さるるわが気負ひ葡萄のはるか陽に照らされて

保護色の主婦色纏ふ蝶飛べず翔べなき焦りおもふに愉し

パソコンと本に埋むるわが背後焦りにも似て西日射しくる

仙人掌の棘は痛いよ年月の花錆びてゆく吾がプライドも

身の瘠せし青い果実の弾けずにセンチメンタルに封じた青春

九階のホテルより見る独りなりシャワーのやうに煌めく夜景

欠落を埋むるならず青葉闇翅ふるはせて鳴くホフシ蟬

うねりつつ蛇が這ひ登る木の肌に保護色なれば生きやすき人

バイオにて青き薔薇咲くいつはりの心に深く匂ひ染みたり

水溜りに小石なげたるかりそめの小さな波紋ブルーにさらす

存在感空に燃え立つ百日紅わが決意に似て朱は深まる

池袋に歌会終はれば雑踏を泳ぐやうなる魚なりわれは

風ふけば砂に描きたる風紋は裸体のごとく照り翳りする

生きの緒

朽ちるまで雨に打たるる水仙の白ずたずたに汚れて滲む

ぬばたまの黒髪乱れ夜の花あかり心の溝をほとほと照らす

桜花流るる生きの緒青空に奏でゆくなり理知もつごとく

志があればいつより可能にす一木の桜寡黙な空に

もどかしさ感じてゐますわが荷物背負ひきれるか蟻のごと歩み

生真目に口を閉ざせしアサリ貝砂吐き沈むかなしみ縋る

玻璃窓に拭ききれぬもの失望の亀裂のごとく見てゐる夜波

草萌えて人も「萌え」ゆくキャラクターメイドカフェに通ふ若者

哀しみに馴れつつ胸に貼りつきし冬蝶のピン尖りに疎む

水仙はスイセンでしかない事実かも闇に白々独白かをる

一途にも風に吹雪ける桜花泡沫《うたかた》の命思ふめぐりに

椿一樹血のごと花弁散りばめてかたはらに置く弔ひの宴

同窓生しばし連帯の意識もつ又合ひませう花のトンネル

紫陽花のややに乱るる藍色に陽の翳りつつ哀し濃淡

じわじわと底なし沼の攻めてくる諾ふわれは一本の葦

ふつさりと湯に浮く乳房反発を思ひて悔し昨日の会議

桜花満ちて生きの緒弾みゆく葛藤さへも鎮めつつみて

墓石に定家蔓の絡みゐて花果つるなき恋の化身や

小池光の『滴滴集』読むその背後理知ありうかぶ素顔の孤独

月光がぬらしはじめる藤房の垂るるむらさき鎮めむ思ひ

紙ふうせん

「斜陽」を書きし一人の意味問へり陽は沈みけりうつつをうつす

「人間失格」太宰なれども子と遊び一夜ねむらむ風船飛ばし

一字とり治子と名付けし父性愛しづかに語る林檎の匂ひ

赤き紐共に結はへし入水死太宰世になし紙のふうせん

三日月がナイフのごとくひんやりと碇を下ろす漕ぎ出す船に

断崖に立てば匂へるハマナスの風乱れ咲く　啄木思ふ

秋風にさるすべりの紅濡れ揺るる花影を踏む女の心

ひそやかに馬酔木の白き房垂りて闇灯《とも》しゆく毒をともなふ

鶏頭の紅の古りゆく夢顕ちて一つの決断夕に燃えたつ

ときめきは色もつ風に揺れながら竜胆の濃きむらさきの緒

ブラウスの胸元に風孕みつつ明日へ漕ぎ出す帆船は海へ

木犀の香に浮かびくるソネットのシェイクスピアの愛は貪欲

愛は「時」の道化にあらず木犀の香りの渦にのみ込まれたり

男とは単細胞なり刺客あり造花のごときバラの彩り

無機質に雨降りつぎて紫陽花はもの憂く沈む　藍の曼陀羅

君恋へば窓に散り打つ桜花紅の連鎖が夕陽に沈む

過ぎゆきの思ひはこころ末枯れたり薄乱るるほのほともなふ

見ゆるもの花のみ咲《ひら》く月下美人その白濡るる一夜の恋は

守られてゐる実感の湧くこころいつよりすがる秋桜《コスモス》揺るる

弱気なる私を思ふ象《かたち》ともみゆ青空に雲を浮かべる

率直に物言ふわれを諭すがにコスモス撓む夕光にあり

無機質の気持ちを揺するコスモスの香りが縒れる哀れとなりて

夜の卓に柚子一つ黄の匂ひきてぶつきらぼうにころがつてゐる

命ひりひり

誰もみな人の心はよみとれぬ鏡に映るわが身はピエロ

美しき花ほど疾し散る間際思ひつつしむ溶けゆく闇に

シクラメン萎えたる理由水させばわが胸処にも顕ちくるものは

カーテンのドレープにふはり陽を溜めて命ひりひり　迷ひ鳥飼ふ

加湿器のとろとろ白き湯気立ちてこんな空間を愛と呼ぶのか

くちなしの咲く道すぎてブラウスになほ孕む香は未練のごとく

月光に萩の乱れて地に揺らす女の情《こころ》は濡れて遊べる

口調さへトゲトゲしさにふときづくいつから造花の薔薇の棘なる

生きるとは抒情詩のごと降る雪のサラサラ音なく沈みゆくもの

悔しさを拭ふごとくも筆下ろし書くたつぷりと含ませて墨

ざつくりとパイナップルにナイフ入れ滴る甘き刹那の痛み

風底に梅がかをりてほつほつと何が目覚むる乳房の辺り

蔓薔薇の棘に擦れつつ血の滲む迷路に舞ひぬ　むらさき揚羽

桜吹雪フロントガラスに打ちつけてワイパー濡らし行方も知れず

しばらくは夜を点滅する踏切りの吾が家を照らすきほひもありて

晩餐のシチューの残りゴミ袋漁るカラスはどこか人恋ひ

立ち並ぶ白木蓮のほつかりと風に撓ふる純白の空

桜花滝を流るる水染めてくれなゐ透かすわれの骨さへ

一途にもの想ふ女《ひと》横顔の桃の実はあり白磁の皿に

明日葉の新芽を食めば口中にひろごる苦み思ひともなき

なよやかに枝垂れ桜の傾斜にもはりつめしこと雨にこもれば

充分に水を吸ひゐてそつぽ向くシクラメンの紅夜にめぐるは

ヒルズ族虚妄のごとくかつぽする罠に落ちたり虚しさ残す

夜の花壺

いちめんに曼珠沙華ありうねり立つこの胸を占む狂気となりて

裸身に刺青のごとく散る花の描かれゆくや曼陀羅模様

むらさきのうすく震へるこの想ひひいやり剝がす葡萄食む指

夕のバラ手折りてをれば棘かすりうつすら滲む後悔のあと

わたくしの気持ちの推移はてしなく溶かしてゆくよ夕陽の秋桜《コスモス》

白妙のブラウスのしみ一点の乾かぬままに歩み一日

勝気なるわたくしだけど君だけにやさしガーベラのギザギザ細工

花咲《ひら》く夜の花壺コスモスの白迷ひなく何もまじらず

ガラス器も曇る六月雨こころまで染みとほりくる藍の紫陽花

アイシャドーブルー厚ぬり秋風に仮面のごとくまばたくひとは

高安優輔先生を悼んで

とつとつと弔辞よみたるわが声の震へて遺影の君笑みたまふ

塗り重ねたる絵の具の層「パレット」の歪む顔あり　生の縮図は

妖艶に東郷青児の「パレット」の裸婦ら絡みぬ人魚のやうに

一束に括《くく》らないでと水仙の切岸に揺るる一輪われは

抱擁のごとく

からからの土にまく水こはいほどしみてゆくなり心の窪み

君だけに告白をせしその唇《くち》にホタル飛び交ふ光が触るる

牛乳の白き膜よけすすりたり海原よりの闇にまぎれて

生きるとは己が仮面を剝がしつつひんやり映す雨の紫陽花

ひとりのるエレベーターに影うつすわが決断はこれでいいのか

白木蓮ひとひら風にこぼれゆく吐息なりけり春に弄びつ

牛肉をパックにのせて切る刹那ナイフかすりて血のにじむ爪

ふつふつとぶり大根を煮る夜のゆったり過ぎる原稿書けば

わが裡にいまだ許せる愛しみも一羽の鷺が飛び立つまでは

優柔をフラスコに入れふつふつと情熱立たす　じっと見つむる

コーヒーにミルクまぜれば渦巻きてとつさに浮かぶわれの反論

三日月は肩の辺《へ》にありて思ひいづ思案の胸を淡く照らして

はがれたるマニキュア更に塗り重ね人の行方は闇に吸はるる

夫よりの二連の真珠つぶらかに抱擁のごとく胸の鎖骨に

月光に濡るる仙人掌《サボテン》の白き棘君に言ひたる悔い胸を刺す

手の内の運命線を辿りゆく洞《うろ》にひたひた寄せる白雲

手に持てる思案のビニール袋飛ぶ春一番は吹き荒れに荒れ

ナイフのごとく

不器用なわれが履きをり願望のガラスのヒール翳を踏みゆく

千の風わたしに吹きてひらひらのスカート揺らす溜めたる理智も

三日月がナイフのごとく白蓮に降りてささやく愛の価値観

風にのり梅の花びら降り入りて光る回廊に虚無の波立ち

風撓む白木蓮の花びらは傷を負ひたりわが呑む矛盾

赤と黒

あがなひし野崎歓訳の『赤と黒』萎えたる吾の心に響けと

『赤と黒』よみふけりたる夜の淵に桜《はな》ひらく気配静寂《しじま》に震へ

琴線を震はすごとくジュリヤンの野心溢るる苦い真実

花あかりする庭にたちしスタンダールの心奥思ふ花は渦なす

キラキラと青葉陽に映ゆそれさへもかきたつるもの吾は帆を張る

ブイの行方

夜の闇にひきてはよせる波の間に熾《おき》のごと浮かぶブイの行方

空はブルーそのいろよりも胸裡に飼ふはブルーの憂ひの揚羽

茫々と脈絡の林ぬけ出れば紺碧の海ひろがつてゐる

吾《あ》の海に春一番の吹き荒ぶ微熱海峡越えゆく蝶は

短歌とは言葉の底荷と言ひたりし上田三四二の船はるかなり

母の瞳

紫陽花に雨降りつづく水宇宙浮かぶる母の面影冴えたり

紫陽花は母の瞳か水宇宙よろこびも哀《あい》も映しゆく器《うつは》

花鞠は風に滴をこぼしたり母の瞳が瞬くごとに

花影の水に研ぎゆくこころかな後悔の乱れ鎮めしづめて

詩壇賞の楯に彫られし人の顔マリアの像の祈りのやうに

思ひの水脈が

上向きてさす目薬のみづいろは渇いた視野を柔く見せたり

「女々しくて」のフレーズ耳に残りたり刃こぼれのごと降るミモザの黄

ささくれた指にも残る静かなる思ひの水脈《みを》がひかりを放つ

わが胸に漬物石の怒りきて闇夜うごかす　白菜漬かる

気の強きこころは鎖につながれて匕首《あひくち》のごと咲くあやめむらさき

人魚のごとく

風に揺れ百万本の彼岸花束ねつつ恋はノスタルジアよ

卓に匂ふ白きコスモス吐息とも中也の詩集読みふける真夜《まよ》

月影に吠えるわが身に添ふ犬の紐付けさるる愛の綾取り

パソコンの青海に打つ詩となりて人魚のごとく泳ぐこの夜を

予定表びつしりつまる主婦といふわれ試さるる砂糖の苦さ

掃除機に吸ひたるほこり見えなくてちぢに乱れを寄せくるこころ

噴水の霧が生みたる虹のいろ逆光に浮く愛の不確かさ

サイダーの泡だつ時によみがへる冷たき記憶は青き潮騒

泡立草ふりまき空を黄に染める気管のよわき胸を縁取る

蜂蜜のビンをゆっくりあけゆくに甘いばかりの呪縛をはぎて

雨に打たれ花弁懺悔の海へ沈む波立つ翳は心の風車

澱みゐる胸に浮かべるクチナシの白のインキは斑に染みぬ

「いい妻」をやめてみようと気持ちにも風切り走る自転車のわれ

あたらしき「婦人公論」よむ夜のこころふはふはマシュマロのごと

わが腹に胎動伝へし娘《こ》が今は子持ちとなりて歌を詠みたり

夫を君と詠へばどこかうきうきと二人で食べる白ゆでタマゴ

コンビニの弁当続く日々ありてペンもつ主婦は低空飛行

朝露にひかる蜘蛛の巣織る糸の竪琴のごと奏でるときは

鳴きふるふ青蟬の翅蜘蛛糸にからみとられたり身を絞るごと

幾筋の糸はあえかにわが唇《くち》ゆ吐き出されたり月に鈍りて

木犀の香る坂道すれ違ふ乙女の髪はほあんと匂ふ

母と見し実家の酸漿《ほほづき》赤あかと顕ちきし胸に燃える哀しさ

むらさきのかたくり風に溢れたり歌詠む生も自在に馴れて

Ⅱ

（二〇一一年〜二〇一三年）

東日本大震災

家々の瓦に青きシート覆ふ夜空に浮かぶ地震《なゐ》の傷跡

大地震おどろき庭に呆然と佇《た》つ見つむれば匂ふ梅が香

震災の津波くぐりし人はいま子の産声を聞きて抱き上ぐ

余震来て思はずパソコン庇ひたり大会前の資料プリント

家や人のみ込んでゆく大津波画面に思はずふるへやまざり

大鳥居地震にたふれどことなく所在なくあり　鹿島神宮

ぼうたんも震災に耐へ花ひらく　たまゆらいのちむらがりて見ゆ

第七回　むらさき短歌大会講師　平成23・4・29

大輪の真紅の牡丹ケイタイに花うかびくる蒔田さくら子氏

プライドの薔薇

君と見しさくら花びらハイヒールの踵に付きて家に運ばる

刃こぼれのやうに花散らすミモザの黄　君思《も》ふ胸にうつすら滲む

たがために春泥の道急ぎゐむハイヒールのかかとよろけさうなる

宴《うたげ》より帰りて椅子にふはりぬぐ絹のドレスは蝶舞ふ仕草

「むらさき」の推敲終へしコタツにて『吉井勇の旅鞄』よむ

幸せは羽毛ふとんの温かき層なす羽根がもつともふかく

久々に「風と共に去りぬ」見る深夜スカーレットの瞳野心に燃ゆる

少しだけ似たることありわが身にもプライドの薔薇　傲慢として

折り鶴

血の薄きわれこそ似合ふ一束のバラの香りし古稀なる胸に

今は誰に見することなきわがすがた切岸に立つ水仙の花

弱みなど見せることなくひとり立つ怒濤渦巻く海原の夜

花びらのゆるみ薔薇咲く一日のわが歩みありたゆたひのごと

いくたびかわが手放せぬ一首あり身につく帯のきりりと締めむ

蜘蛛の巣に青き揚羽の絡められためらひもなきがくぶちのなか

秋風になほも咲きたるアサガホの紺の花あり光る露あり

秋立ちて寒々とする庭の辺にぬばたまのカラス日毎舞ひ降る

気持ちをも沈めのみゆく一杯の苦き抹茶に　千利休思ひ

蜘蛛の巣の危ふく風に揺れ光る足搔《あが》けどわが生《せい》綱渡りに似て

病室の窓にクレーンの往き来する増築の杭打ち込まれたり

病室の窓は夕日に染めらるる気持ちが揺らぐ虹澄む光

リハビリに夫が折りゆく折り鶴のごつき指先秋日の照らす

コンパスに円かき思ふ生くる道に険しさあらむ限りなく　π《パイ》

なゐに逝きなゐに残りし紙一重命の鞘透くわが影法師

コーヒーにミルク一滴ひろがりて波紋を残すいとほしきかな

いつしんに娘《こ》は図書館につとめ初む書架の間合ひを水母《すいぼ》のごとく

われの血の音

卵割ればぽつこり黄身のふくらみて崩したくなき朝の時間

アスファルトに風より落花紅椿夕べ読みたる『椿姫』思ふ

大会に飾りたる花カサブランカ貴婦人といふ白は匂へり

大会を無事に終へたりこころにもふかく息吸ふカサブランカ匂ふ

大会を無事に終へたり久々に花苗買ひきて夫と植ゑたり

花弁がま白く散らす模様あり形象はなやぐこころとなりて

枝垂れ咲く桜の下にたたずめば母の面影しばし顕ちくる

セピア色の手紙の文字は青春の証明《アリバイ》のごと夕日に浮かぶ

半分に切りゆくキャベツ渦巻きて匂ひくるなり君とのゆくへ

くつきりと地震の裂け目残りゐて闇のそこからふきだす澱み

なゐによる裂け目に咲ける一輪の水仙の白光となりて

時として言葉が人をあやめゆくだれも気づかぬ水仙の花

男とは包容力のあるかなし　朝顔のつるの到き誘引

たえまなく月光めぐり透かしゆく虚構満ちたるこころの軋み

パレットに赤色ドドッと流し描くときより見ゆる曼珠沙華の花

霜降りし風紋うねり蛇はしるとめどなく春鹿島海岸

わが駅はこの鹿島なりと思ひたり三十七年前大阪発ちて

しやぼん玉

助動詞のやうな震へるこころ抱き今宵のさくらやけに瞳《め》に染む

羽毛布団のそのふくらみに顔埋めねむりてしばし夢のつづきを

闇すきまアンモナイトの浮かびきてわたしの内耳満ちるなみ音

「点と線」証明さるる図形のごと出会ひのあひま　露こぼす樹は

とほいとほいシーラカンスの青褐色打ち上げらるる夢のなかにて

秒針のうごく速度が滑稽にみゆる夜なり予定なき明日

五年過ぐる記念館にてあがなひし雨情詩集を書架よりつかむ

青空にシャボン玉上ぐ幼らの夢見るごとく空の明るさ

つかまうとすればするりとシャボン玉かるく流るる夢色滲む

七色の空に流るるしゃぼん玉吹けば連なる梯子のごとく

直筆の雨情の詩稿見出したり「桜田烈士を讃ふ」とありて

水槽の金魚の走り目に追ひて気持ちをほぐす夜の安けさ

講道館畳の部屋に入りたり裂帛りりしき面顕ちにけり

人もまたマグマのやうなどろどろを心に秘めて鎮めむとせり

屋上に蜘蛛の巣めぐり絡み合ふ闇に見てをり遊びのごとく

ときめきを覚えし出会ひ透明に傘さしてゆく憚る視線

精神の枯れ野に咲ける連翹の黄なる火花が今も燃え立つ

命のビザ

ユダヤ難民に「命のビザ」を発給せし杉原千畝の決断の部屋

杉原ビザに生き延びたりし六千人　覚悟の英断評価されにけり

八十八の山崎豊子死する報『運命の人』書架に鎮もる

百調べ十生かしたる記者魂　みならひたきものその粘り強さ

つまづけば道ばたの石濡れぬれてつぶやく運命は切り開くもの

虚無の供物

足元からじわり崩るる不安感おのれを晒す　オベリスク神

福島の原発に問ふ根本の対策をとらねば　アウシュビッツ

海底に沈む赤き爪増殖しコンブまきつく　虚無の供物は

会議にて反論かひて静まりぬ　わがストッキング音なき伝線

森ふかき迷ひうとうと母の声生きよ生きよと　水琴窟は

アサガホ

浮雲のごと失せゆく思ひ哀しみて空に吸はせるわたしのこころ

積極と消極性をもつわれや　アサガホの蔓誘引しつつ思《も》ふ

鹿嶋の地は短歌の街と言ひくれし三枝昻之氏の声耳に残れり

うたひつづけ二十年過ぎて短歌ある　自己の花八重に咲き匂ふなり

病ひとつもつ夫なれどふりがなのやうにわれに添ふ瞳《め》のやさしかり

Ⅲ

（二〇一三年～二〇一六年）

予感

すこしだけ虚弱だからと言ひさして徹夜もしたり　森のふくろふ

つかれたるこころの裏をふるはせてパソコンの海に歌の魚はなつ

こほろぎの声やみ静寂に湿り帯ぶ　くさぐさの息夜の底を這ふ

ピカソの裸婦像見しあとのわが渇き　ひるがほ淡き色を増したり

ほろ苦き告白などはせぬと決め胸の奥処に蜩を飼ふ

草間彌生の「道徳の部屋」ひたりつつおらべる性の哀しみを見つ

いたづらにバラの棘触れ指に血のにじみて吸へり　愛の錯覚

蚊の好む二酸化炭素あふれさせVの胸元の芯にひそむ飢餓

見上ぐれば空の傷より降るしぐれゆっくり唇《くち》を湿らせてゆく

はぜさうな石榴の実だがもくもくと唯に待ってる一途さも好き

森ゆけばふくろふの声くぐもりて微熱のやうな樹の息あふる

「き」と「けり」の違ひを思ひふと君を対角線に眺めてゐたり

背泳ぎをしつつ見る空　羊雲わきたつやうに連なるやうに

透明なひぐらしの羽に秋風をふるはせて今　あらた予感の

未然形ではだめだよと真底に已然形なれ　雨よ雨　降れ

フェルメール・ブルー

フェルメール・ブルーのターバン巻きてゆく街はもう秋　透明な風

幹に洞《うろ》あれど古木の百日紅一夏の夢を花房に盛《も》る

君の手紙まるめ捨つれば玉かぎる夕日に息づく文字の花生《あ》る

呑みほしたるペットボトルに会議での反論をつめ戻りてきたり

ブリキ製の錆の匂ひの父思ふ明治・大正・昭和生きたりき

セピア色になりたる一通の君よりの手紙は今も簞笥に息づく

病癒えて夫つくりたる南京のごろりごろりん夏陽に照りぬ

フェルメール・ブルーのマニキュアぬりて陽に翳せば空へ融和するなり

折れやすきこころにあれば朝顔の濃き藍にふと吸ひよせらるる

くしやくしやのシャツにアイロンかけつつに木綿の君の気持ちがいたい

おほげさな武器のごと薔薇は棘だちてわが腿をさすリルケ浮かびき

まばらなる赤

海見ゆるミモザの黄色刃のごとくわたしの頬をかすめて散りぬ

生きる意味まだらに思ふ煙突の動く煙が方向変へる

われ住めるこの閻浮提《えんぶだい》に寒椿熾《おき》を揺らせよ罅割れの心に

久々に三面鏡に貌映す泣き笑ひのやうな西日がまぶし

いつもより輪郭ふかく口紅をまばらなる赤　横顔浮かぶ

ひとときも戻らぬ過去ともしばらくの橋げたに立つ波の激しく

過去・未来その間のまだら一途にもバラ咲く真紅ビロードの花

北斎の「滝」をみつめるほとばしるうねりの渦は怖るるごとく

とりどりの青い絵の具の絡み合ふ北斎のもつ深き肺腑は

わが庭の松の根つ子のうきあがるうねりの波にわれの苦を見つ

ぴしやりと刃のごと言葉浴びてなほゆくわが道に白梅匂ふ

少年よ徳永英明の歌聴いて「自分信じて歩きださうよ」

残りたるペットボトルの水ふれば泡だちてをり鬱憤のやうに

むむむむと眠りゆ覚むる水仙の白きむれ咲きぬぎすてる殻

桜ばな舞ふ

くやしさを歌にぶつけるわが技が胸より逃がす哀しみの澱

君の飲む粒の八錠揃へゐてわが夜の凹《くぼ》みにきらめき零す

心凍るわが胸千々に乱れゐて点と線生るる絆とは　何

たかが短歌されど短歌に集ふ人の胸裡はかれぬシクラメン匂ふ

滾々《こんこん》と桜ばな舞ふ空に身をしばし解《ほぐ》して泳がせてゐむ

サクラ花舞ふ空に向け好きですと言つてみたい気が　言はぬが花か

ひと枝をつぼにさす夜のさくらばなつつましくして晶子を映す

「新詩社」の紫式部とよばれゐし登美子の面影さくらまふ中

二百年の枝垂桜を見上ぐればわが唇《くち》隈なくうばはれてゐむ

古木なるさるすべりの木まだらにも空洞つくり芽吹く気配か

福島の廃炉作業になほ就くと男《ひと》は生《あ》れし子の写真を抱きて

錆びつくをおそれずにわが打つ釘は言の葉の森にひびきてゐたり

君とわれ互ひに労り生くる日々晴れ曇り雨映せり硝子窓《ガラス》

久々に娘《こ》とゆく夜の東京はこころの凹《くぼ》みにネオン瞬く

白々と木蓮ゆるる触るるなく風に馴染めり音の幻聴

期待せねば喪失小《ち》さきと思へる視線に咲けるあやめむらさき

アイシャドーブルー濃くぬれば逢ふ街の空から青を盗んだやうな

二度目のダリア

秋風に庭のダリアの花群るるほつかりと笑む今年二度目の

後戻りできない人生素手にしてつかみたりわが美妙なる彩

どこからかトンボ・蝶翔つ八重の色ふれゆくひとの恋しさに似て

明日もまだ色褪せないよ二度目花運命もちて夜露に濡るる

ほんたうにあなたのこころ優しさに満ちたり海の青き抱擁

吟行会

うきうきと赤きばら柄ブラウスにハイテンションのわが吟行会

333タワーから見ゆる東京のビル群シネマの陰影もちて

タワーより見れば友言ふ芝学園僕が通つたと指さす学校

タワーより見ゆる摩天楼その箱にうごめく人のガラスに浮かぶ

展望台見ゆる増上寺徳川の墓厳かに並びたちけり

赤穂浪士の墓にそなふる線香のけむりなびきて絶えることなく

テクストのいんえいゆらす風吹きて影絵がつくる未来の花は

詩歌《うたうた》ふわが闇に添ふリアリズム雨のしづくが胸にゆらしゆく

西行は桜の花と同化する歌をよみけり漂泊の僧

山里に今日もおはすや西行のけぶるあみ笠さくら散りけむ

西行の桜《はな》かリルケの薔薇のはなわが琴線に震へやまざり

愛の形象

存在を常に問ふごと春の風あはあはとして花びら流れ

夜の玻璃にボアーンと映るたちあふひ愛の形象《かたち》のごとく息づく

ほんたうに矛盾だらけのわが裡をくまなく照らせ山茶花の紅

幾重にも塗りかさねたるマニキュアの驕りのやうなわが指を見つ

午前二時まだねむらないかと君が言ふ炎《ひ》のごとき身に雨が匂へり

踏切近き庭の立葵の花群れに疾風《はやて》のごとく貨車のすぎゆく

すつくとたつ庭の一輪のバラの真紅生のざらつくわれをなでゆく

なんでもできる気がして見れば一匹の黒猫のそり塀の上ゆく

小國勝男氏を偲び

前衛の名残のごとく小國氏の白雨の庭に魂《たま》の繚乱

ランボーのごと朝庭《には》散歩せし独特の抽象の息　色褪せぬ翳

追憶の花

大森益雄氏を偲び

いまさらに君の無念を告ぐるがに沙羅の白冴えつばらに揺るる

夜の卓にぶつきらぼうにレモンひとつ逆光線のなかにしづまる

突然の夫の異変に救急車よび搬送さるる午前三時

脳梗塞と診断されて入院の君は点滴　がんじがらめに

次々と救急患者はこばれて夜の救急《きうきふ》室に医師の動く影

まつすぐに君の目を見て問診の若き主治医の白衣がまぶし

絨毯のごとく散り敷くさくら花君は足ひきてゆく試歩の道

とりどりの躑躅がさけばわが迷ひ吸はるるごとく平《たひ》らかなりて

びつしりと円なすなだりの躑躅見れば　泉鏡花の外科室の女《ひと》

執拗にミモザの黄のゆれ春空に性《さが》のざらつくわれをいたぶる

パレットに黄色どどつと出して描く肺腑の洞《うろ》に盛《さか》るひまはり

ふくふくと蕾ふくらむタチアフヒ胸に秘めたる詩の一ページ

群れて咲く立葵の赤き闇の溝《みぞ》に精神《こころ》のささくれ吸はれゆくなり

身の奥まで揺さぶるやうに立葵いよよ赤増す梅雨の晴れ間を

群れ咲きて赤き壁なるたちあふひ風に感情うねりのごとし

一晩を雨に打たれて斜《しゃ》に揺るるたちあふひ真紅　生《き》の狂《ふ》るるごと

目標を持たねば生きた気がしない　立葵真紅　空に未知数

ためらひも吹き飛ばすほど赤き壁意志をかざして空を占めゐむ

シュルシュルと糸をたぐりて追憶の花のごと抱かむ　愛に似た花

四十年住める庭にまた巡り咲く君もたちあふひわれもたちあふひ

カオスのやうな
クリスタルがらす花瓶に手を触るるあの日うとみて罅割れの音

人恋へば空想のなか窓ひとつ格子にからむ蔓バラの棘

かさぶたの下にはいつも息づける葛藤つづく真紅のバラが

鶏頭の咲く道むかふ赤々とノスタルジアの風身をつつむ

朝暗くマンホールのふた踏みゆけりときに世渡り下手なるわれは

昨日より白き蛾が戸にはりつけて身じろぎもせず生きざまの影

廃屋にちぎれたるカーテン下がるごとわが惨めなる失望と挫折

失望など無縁のやうに歌会にドレスをまとひ話す笑顔で

志賀直哉手直し多き原稿を見て在りし日の苦悩を思ふ

炎天に群れ咲くカンナ赤色のわが胸洞《むねうろ》に引き裂くごとく

「酔ひどれ船」詩のよぎりたる夜の湯にどつぷりつかる乳房ゆらして

日焼けした君の貌どこかブリキカンかたくなに見る奥ふかき空

落陽はカオスのやうな湖をそめたぢろぐわれの意識となりて

血潮のごとわが裡染むる彼岸花　土壇場にしてなほ足掻《あが》く生

IV

（二〇一七年〜二〇一九年）

慢性の硬膜下血腫

救急にわれ病院へ運ばるる　ああ脳のＣＴにうつる血腫の影

慢性の硬膜下血腫と診断の　手術となりとりだされたり

麻酔覚め医師の笑顔がわたくしに大丈夫だよと目でつたへきぬ

手術して取り出せしどろどろの血腫はポインセチアの赤ににて

お見舞のポインセチアの朱の色は篝火のごと燃えゆけり　身に

多忙からぬけて入院の七日間われを癒やせる窓の浮雲

すっぴんで脳のＣＴとり終へればメイクするなり診察までに

さりげなくわれの頭の手術痕《あと》　帽子ずらして医師は見守《まも》りつ

本質は迷路のごとし

短歌とは一生《ひとよ》の芸術　林真理子の母みよ治の生きざまは風

久しぶりに買ひし「婦人公論」よみたりき五木寛之「幸福のレッスン」

幸せになりたいのなら孤独をば楽しめと言ふ　孤独は自由

他木《たぼく》にのぼるノウゼンカヅラふと思《も》ひき　こころの蒼空《そら》を刺すごと深手《ふかで》

わが身にも深傷負ふかも予感して　春嵐に髪みだれたりけり

短歌とは〈ほんたう〉を詠ふ本質は迷路のごとし　あなたが好きと

仮名序よりひつぱりだして言の葉の種をまきたし霜柱ふむ

送りきし『蝶の曳く馬車』読みたりき　われもまた夢の岐《ちまた》彷徨ふ

わたくしを導《ひ》く黄色い蝶と馬車がゆく　逃げ水を追ひどこまでもゆく

ふたつ折りの恋文のごとく歌を詠み人生は長き旅路のカルテット

ゴドーを待つごとかの友は逝きませりタバコの煙くゆらせながら

タチアフヒ

バリケードのごと赤き群れ立つ立葵六月の陽に濡れにほふなり

君とわれの庭に百本のタチアフヒ今年も咲きたり情《こころ》の糸かけ

百本のなかに一本のたちあふひピンク揺れゐつ六月の空

一本のピンクはまさにあの時の会議のわれの孤独思ひき

君とわれの温度差さへも溶かすがにタチアフヒ真紅碧空《あをぞら》に満つ

病もつ君がふと言ふ「来年も花を見られるか」真紅につつまれ

塀這へるのうぜんかづらのオレンジは飽くなきわれの本能のごと

空を素手にわしづかむがにのうぜんかづら迷ひにゆるる吾《あ》を虜にす

何かを得たるときその代償の凹《へこ》みを思ふ　支点はどこに

いつの日も情熱的でありたいが梃子の支点がぶれるときあり

歩くのがやっとの君と道路《みち》向かひの歯科に通ひぬ　初ぜみの声

君に添ふわれに医師は告げたり画像指し心臓の翳り深刻増すを

何やれば君の満足われもまたからつぽの裡西日が犯す

ドドーンと壁をたたきてわれを呼ぶ君の裡に棲む闇深かりき

鎧のごと意識しつつにメイクする口紅《べに》の輪郭やや濃く描き

いつの世も目的をもち生きむ時強くなるべし花こそなほに

照り翳りするこころのやうな風紋を踏みしめてたつ足裏《あうら》の熱し

水戸近代美術館（文藝連盟吟行）

ルノワールの「レースの帽子の少女」顔の表情に心溶けゆく

ルノワールの「水浴の女」みづみづと乳房の尖り眩しかりけり

パブロ・ピカソの「母子像」むきむきの赤子を抱ける母の手逞し

アンリ・マティス「襟巻の女」ややつり眼　服の質感エキゾチックに

徳川斉昭の開きし藩校弘道館　往時をしのび畳踏みしめつ

ふたりの孤独

傘の中ふたりの孤独ぶつかりて反発しあふ　真冬の氷雨

こんなにも透明あふるる冬の光身をつきぬけつつ翳を吸ひゆく

ともすればアクティブに見ゆるわれなれど梅のつぼみに差す日の歪み

手作りの君がつくれるカレンダー梅にウグヒス今にも鳴きさう

冬の貨車とほりすぎつつ渇きたる音の響きがなぜか愛しく

吐く息も白くあわだつ冬の朝デイケアの君を見送りにけり

冬の日の鉢のすみれのとりどりの色が奏でる小《ち》さき愛など

われもまた病のりこえ白雲を見上げつつ想《も》ふ生の航路を

もどせもどせ焦らずにいましばし待つリハビリの傘紅葉《もみぢ》散らして

あれこれとこころ騒げるわれなれど手に受くる水定めがたしよ

長距離のわが人生のごとパソコンに打ち込む言葉　深海の魚

こころにもなきこと友に言ひをれば歪《いびつ》な花瓶のバラ匂ひたつ

平成の世の終《つひ》を歌詠み己が身の花火散りばむ夜の玻璃窓

たらちねの亡母《はは》の齢《とし》越ゆ新元号ふみださむ陽にシクラメン燃ゆ

おほきなるドラマなどないわが身にも疼くときあるやさしき視線

霧の中に泡立つごとくバラ匂ひリルケの息がふと顕ちにけり

木に咲くとき地に落ちしとき紅椿微妙なる差の息空に吸はるる

本能と本能がぶつかり合ふごとく炎天《てん》のひまはり　ゴッホの眼《まなこ》

コンパスで描く円にて過ごす日々滑走路とびゆく翼あればと

清水ミチ氏を偲び

あらがへぬ死といふ前に無言なり水仙のごと女《ひと》の御霊《みたま》よ

暗夜行路ゆく

心臓をわしづかむがにさくらばな咲き乱れたり平成最後の

ああさくら何故に裡なる葛藤をよび覚ますのか碧空《そら》に連綿

ライトアップされたるさくら川面這ふ　花は平成の終《つひ》を華やぐ

平成から令和へ年号くぐる時暗夜行路ゆくわが身ボロロン

キュッキュとプリンター動く真夜中のリズム乱るるわが身陰影

フェスティバルの資料あらかた仕上げつつため息を吐く春夜でこぼこ

フェスティバルの文藝連盟の講演会黒羽由紀子氏の「良寛への道」

平和とはひとりひとりの生き方なりオリンピックにも良寛の風

まな板に鯉の鱗をはがしをり　とべさうでとべぬ春のぬかるみ

色彩《いろあや》に庭の躑躅の咲き染めて刻《こく》は令和へうつりたりけり

桜ふぶき檻のごとふる花の面《つら》　仮面をつけてわれも踊らむ

ゆきすぎる多忙なる日々に回したる滑車のやうなガーベラの花

わが裡の扉開けば光る虹　潜在意識は鱗のやうだ

タマネギの薄切り水に晒しつつ拒否のことばをかみしめてゐる

V

（二〇一九年〜二〇二一年）

やさしかったね、どんなときでも

君と吾《あ》を守りくるるがに立葵百本の真紅息溜むる庭

デイケアに君おくる庭の立葵「いってらっしゃい」赤き息吹く

わづかづつ血が止まらずに救急の君の舌縫はるる入院となり

退院後五日、君の容態悪化する誤嚥性肺炎意識朦朧

二十時間眠りぱなしに祈るなりよみがへれ高熱下がれと

やうやくに眼《まなこ》を開け反応に涙なみだのわれと二人の娘《こ》

まだ続く入院なれど君の顔、血の気さしたり　外は雨、雨

にちにちの血液検査に一喜一憂の只に奇跡を祈りたりけり

「ぢいちゃんがんばって」と孫たちの励ます声にうなづき返す

歌会の友らの呼びかけに出ぬ声をしぼりだすがにうなづきてをり

たんたんと午後五時十九分死亡を言ふ医師の声響く　頬まだ温き

化粧され君のかんばせ安らかに着物着せられ生きゐるごとし

通夜葬儀をはりてひとり想ひたりそばに夫ゐてわれを呼ぶがに

君に嫁し半世紀の歳月想ひき　〝やさしかつたね、どんなときでも〟

七七忌

墓開き仏壇開きなにもかも初めての修行《ぎやう》　僧侶むかへて

七七忌のお経がすみてお墓へと納骨をせり　蟬しぐれのなか

五年前に豊郷霊園に谷垣家の墓を建設　今開眼す

逝きたりしあなたの椅子に座りたればぬくもり伝ふひとつ身のごと

デイケアに成《な》せしカレンダーの数字の乱れ　なぞれば君の日々が顕ちくる

がらんどうなり

喪失といふ字を書いてなぞりたり夫亡くせし花　がらんどうなり

君亡くし二十四時間ひとりなり夜闇に匂ふカサブランカの花

君の椅子にすわりて想ふ真夜中の部屋にうごめくデイケアの折り鶴

ひとつづつせねば終はらぬこと積もり　にげたきほどの夏の倦怠

どこからか「愛してゐるよ」匂ふがにわれを包みくる遺影の眼差し

返らぬ歯車

西脇《にしわき》順三郎の詩集よみたるひとりの夜玻璃うつ霰　魂《たま》ぶつかるごと

汝もまた岩間ゆ染み出し水霊と考へよ人生《せい》の旅人なりて

あけび裂け西脇の霊魂いまもなほぶらさがりけり故郷の崖

人生とふ淋しさもまた美しきと西脇言ひけり心情表白

ふりむけばあなたがゐたねそんな日々返らぬ歯車　まはすガーベラ

亡き君の椅子にぴつたり身を沈めひとりの夕餉食みてゆくなり

在りし日の家族写真のコマゴマがシーソーのごと脳《なづき》を揺する

この頃のわたしの心涸れ井戸のそばを這ひゆく蔦の翳りの

コンパスに描く円の範囲に生くるわれ倦怠の波越えてゆくべし

極月の寒さましゆくゆふまぐれ独りが点す玄関の灯り

しかすがにその脳外科医に救はれし命なりけり　シクラメン燃ゆ

長崎にてフランシスコ教皇の核兵器《かく》廃絶を世界に訴ふ

ローマ教皇長崎・広島に演説の多国間主義の衰退言ひけり

文教大学《だいがく》の聳塔《しようたふ》祭のステージの孫　バンドのボーカル声響きけり

男孫うたふ「完全感覚」・「努努《ゆめゆめ》」よエレキギタードラム情熱の渦

屋台並びタコヤキ・ウドン・ホットドッグ娘《こ》らと食みをり湘南の碧空《そら》

富士にせまる獣のごとく荒るる波　横山大観の「或る日の太平洋」

全力で生きてゐないと見えない風景《けい》あると言ひけり高倉健は

瓶に活けしカサブランカの花わが孤独包みて香る切なきまでに

子規言ひし頭重脚軽のやまひなど思ひつつゆく　どんでんがへし

ひたひたと生の翳りをまとふ身に篝火のごとカンナ燃えゆく

言葉では埋まらないのにうまりたる気がするやうな　夏雲が浮く

明けぬ夜はない

空にひそむ悪魔のごとくコロナとふ花はしづかに降り積むらくも

コロナショックの隙間風ありわが裡のブランコ揺らす肺抉るまで

それぞれがいやおうもなくコロナとふ十字架を踏む旅人のごと

あはあはと虞美人草あまた咲き乱れ漱石の藤尾思ひだしけり

今までの日々がどんなに幸せかパンデミックは戦《いくさ》のごとし

大学の孫に荷物を送る新鮮な野菜・肉・果物宅急便に

孫よりのフライパンに焼く春巻きの動画きて君、やるぢやないの

去るものは追はずの言葉はなちたる勝気なわれにバラの棘さす

劣性遺伝のピンクあらはる立葵真紅《あか》むるるなか四十年へて

炎天の花に水やれば紋白蝶必ずとび来　君顕つごとく

今年また地震《なゐ》の亀裂にタチアフヒ咲き旗のごと記憶とどめつ

群れむれて真紅のタチアフヒ連綿と庭を埋むる罪のごと燃ゆ

胸に手をコロナ鎮まれと言ひてみる気管支よわきわれは怯えつ

みまはせば誰もゐなくてわがひとり切岸に立つハマナス揺るる

残るわが年月もまたゆれゆれて梯子をかける空に虹橋

これからの生きぬくちから模索する明けぬ夜はない「レ・ミゼラブル」の

毒もちて根をはりてゆく彼岸ばな愛もそぞろに揺蕩《たゆた》うてをり

らうらうと若き僧の経家《や》にひびき法事始まる夫の一周忌

突然のいかづちのきて花たたく誰でもないわが身をうつ苦汁

なにかにつけコロナのせゐに暗き谷間に嵌まる思考を笑ふ鬼百合

人生はこれからですよと言ふやうに浮雲を見つ芙美子のごとく

つかみがたきXにむかひつつ思ひたり　しゆはしゆはと浮く雲の行方《ゆくへ》を

波音きこゆ

ざつくりとレモンかじれば酸つぱさが歯にしみてゆく　曇る玻璃窓

コンクリートの亀裂に咲ける立葵震災《なゐ》忘るるなと天空《そら》あほぐ真紅

石原《いしはら》慎太郎の『湘南夫人』読む夜の嵐の風雨に玻璃戸の軋み

どことなく『アンナ・カレーニナ』想ひだすヒロインの結末激しかりけり

一晩の現実逃避の錯覚か　のめりこむなり豊饒な海

わが短歌《うた》のクローゼットからでなければ　玻璃うつ雹は季節外れの

いつしらに愛の錯覚のごと棘はトゲをかくせり　夕立がきて

張り付いた業《ごふ》のごときものふりこぼす金木犀のはな雀戯《じや》れあひ

コロナ禍の鬱をはらふがにコスモスの花はあえかに咲きて乱るる

薄皮を剝がすごとくにマスクとる心の有り処に霧たつ夕べ

こんなにも優柔でいいかわれに吹く晩秋の風頰をさらして

はき捨つる落葉のなかに羽根透ける蟬の骸のコロナ禍の秋

たかだかと皇帝ダリアのうすむらさきのひつたり碧空《そら》に絵画のごとし

ドアひらけばカマキリひとつ足元にこんにちは言ふ　寒くなつたね

長《をさ》の娘《こ》ゆ盛花送りきて香りたる夫の仏間は華やぎてをり

額づきて線香そなへ娘と祈る晦日の墓前風なく穏し

黄楊の木のそばのわが歌碑元旦の陽に万葉の芯照りかへす

コロナ禍の死亡いくたりと告げらるる　戦場《いくさば》へ遣る命のごとき

部屋に掛くる君がつくりしカレンダー乱るる数字在りし日匂ふ

空《から》の巣ゆ抜けむがために歌始む夫を亡くしし二度の空の巣

時を経て母と娘《こ》がはまる空の巣にすつぽりはまれ三十一《みそひと》文字は

ひとは何故葛藤するのか壁に向き怒りの斧を鎮めてをりぬ

時を経てリルケの果樹園《かじゆ》のリンゴ生り実を手に照らす同化する息

キャベツの葉はがしゆくときその芯に命のごとき波音きこゆ

不安とは自由の眩暈　君亡くし空の巣にあふるる陽のやはらかし

わが肺腑さらけ出したる生の秋負に挑む息　微熱を帯びて

Ⅵ

（二〇二一年〜二〇二三年）

わが裡のデブリ

核燃料デブリとりだすに四十年かかると言ふや廃炉への道

わが裡のデブリとりだす埋み火のくすぶる物体《もの》を業《ごふ》と言ふのか

漱石のアンドロイドがあらはれて空想の夜の隙間ノックす

ふつふつと葉ボタンの花咲き満ちて黒アゲハ止む　じつと吸ふ蜜

とりどりの花が咲き満つるわが庭に亡夫《つま》の影法師追ひたりせめて

過剰なる桜ちりゆく運動場に子等かけまはるコロナの春を

五月庭むらさき揺るるシラーの花円い夢もつくす玉のやう

たとふればでつかい夢の実現をしさうに思ふシラーむらさき

そこだけが明るむむらさきシラーの花ちかづけば匂ふ救ひのごとく

見あぐれば棕櫚の花はドロロンと房の黄下がる悪意のやうに

庭隅にドクダミの花白ふるへ助詞のごとくに雨に濡れそぶ

今年また立葵の真紅百本が動詞のごとく息はづませり

黄楊の向かうに真紅の薔薇が棘もちて名詞のほこり凛と咲きけり

雨に濡れ菖蒲のはなのむらさきは代名詞のごと揺れゆれて　在り

あぢさゐの花房群れにカタツムリ助動詞のごと這ふなり雨に

き・けりの想ひそれぞれ過去となるさざ波よせる胸の洞岸

冷静と修羅を秘めたる裡のごと雨に濡れそぶ立葵の花

生と死をもてあそぶがに彼岸花毒どくしいまで匂ひたりけり

われを打つ歪みにたへて進めゆく負に挑むわがプライドの花

オリンピックフェスティバル展示すみ短歌・俳句・詩魂《たま》のひしめく

真紅なるタチアフヒの群れ狂気のごと隣家を壊すユンボに揺るる

三回忌ちかづく庭にたちあふひバリケードのごと赤き連帯

梅雨空に赤あか燃ゆるタチアフヒ君の遺言のごと奏でたり　愛

鰯雲

きのふ今日明日へ続く迷路なり生きる理由《わけ》など三角洲に埋む

わが肺の息吸ふごとに雑念のごとき塵をば海へはきだす

レモン水のむ真夜中にふと浮かぶ逝きしあなたの抱擁力を

肺といふ三角洲に澱む想ひをば暴きたていふ怒りもあるか

ひとは何故怒りとふ魔物ときとして爆発させる海鳴りひびく

ぬばたまの闇に赤あかたちあふひ君の遺せし志のごと息が

ぬきてゆく消し去るもののケシの花傷は膿孕みやがて無常に

かにかくに薔薇の棘それを当然とプライド高きひかがみ刺せり

生きること標のやうにむらさきの藤の花房ひかりの円舞

ふつふつと棕櫚の花は黄垂れて思ひがけずに湧く企みの

何時しかに真紅の薔薇が咲いたのかひと憎む言葉　マンホール踏む

ぬばたまの闇より見するわが短歌花はひらくや「離見《りけん》の見《けん》」に

コロナ禍を生きていきぬくわれならば回せよまはせ　大観覧車

庭掘れば大き切株根をはりて在りし日の家族　桜《はな》ふぶきけり

コロナとふストレス着こんだ肉体の歪な翳り生む　不夜城

つかまうとしてつかめるものでないXよ　落陽にそむる鰯雲見つ

デルタ株のなかを行き交ふひとの生磨りガラスのごと朧おぼろに

痛めたる足の着地が恐くなる　凸凹《でこぼこ》みちにコスモス揺るる

足の憂ひかかへ踏みしむるわが路に空蟬ころがる　晩夏の光

わが肺は幾度あやふき泡立ちの三角洲なり澱むを濾過す

胸洞の崖

飛行機雲追ひつつ思ふ個々に持つ価値観などはひとまづ解《ほぐ》せ

こもごもの連帯のごとさておいて金木犀の香に浸りけり

同方向みてもみなくても金木犀の香ふるふる沁むる胸洞の崖

金木犀の香に浸りつつわが生にどんでんがへしなく吐く息苦し

シャワーのごと金木犀の香匂ひきて傷みたる芯洗ひながせり

しみじみとリンゴの蜜を舌に感じリルケの晩年想はるる秋

君よりのコスモス今年も咲き満ちてなるやうになるさ　溶け合ふ空気

折れ曲がるコスモスあまた活けたれば曲がりなりにも上を向きたり

パソコンの海に会の人等の魚ら跳ね言の葉泳がす　午前三時過ぐ

詠草はや十七年に仕上げ思ふ　海の家族の毬藻のやうだ

コロナにて籠もり過ぎたるわが身にも予感めく風　フェルメール・ブルー

三ヶ月ぶり歌会なればことさら身に薔薇のブラウスに黒レースのスカート

黒板に書くチョークのにほひはつか鼻をくすぐるマスク越しにも

教へることなぜか私にぴつたりとよりそふやうだ　十七年目

橋本トミさんを偲び

額づきて遺影拝めばトミさんのほつかり笑顔　白蓮匂ふ

読みつぐる『サイネリア考』名の謂《いは》れ蒔田氏の面影その花に重ぬ

シネラリア、サイネリアとふ青・白の光輪のごと咲く　死は生の隣

晩秋の水を手に受くれば夕陽差し憂ひもしばし染められてゆく

感情が水澄のやうにスイスイと泳げるものならくだらうわれ

縫ひ目無き生活《たつき》に匂ふデカダンスひとりのわが海　舵なき舟の

このところ歌友ら二人身近なる死　生滅流転を想ひたりけり

時にふる雪がこんこん道白く心の襞をかくすがにふる

つるされしドライフラワー薔薇の花こころそのまま三十年経て

ウクライナ侵攻

ロシア軍ウクライナへの戦車のつらなり侵攻キエフにせまる

わが言葉からまはりするウクライナ「人道回廊」もだしゆく人等《ひと》

プーチンの独裁つづくこの侵攻止めさせねばの声　原爆日本

亡夫《きみ》知らぬコロナと戦争翳増せど立葵の青葉《あを》むくむく空に

プーチンのおどろの精神《こころ》幾人の骸を生むや　無法の雨降る

ゴールデンウィーク人等憩ふ世の　壕に息潜む女《ひと》や子のある

核保有そのあらそひにきな臭き国々の思はく火花散る闇

核保有無き日本のそのゆくへ不安だけでは語れぬ被爆

ただ祈る戦争終はれと夜の星瞬きやまず　この地の隅で

マリウポリの製鉄所完全制圧せしプーチンの癌ささやかれけり

NATOにスウェーデン・フィンランド加盟申請　ドクダミ根張る

わが庭のドクダミ根張り白き花はけ口なき声　青みてせまる

コロナ禍とウクライナ侵攻押し寄せる津波のやうな日に咲くタンポポ

国立競技場

町田ハウスに孫の修也のライブ在りボーカルの声「白日」沁みる

玉川大学100×4リレーバトン受くる動画に釘付けガンバレ圭吾

玉川大学関東インカレに４００リレー国立競技場孫の勇姿よ

わが孫の国立競技場に走る姿目に追ひ亡夫《きみ》の声する　ガンバレ

「文藝鹿島」二十三号発刊すコロナ・戦争を浮き彫りにして

くれなゐの色群るるなかタチアフヒのピンクの咲きて自己主張する

孫が言ふにはメンデルの法則でピンク花は劣性遺伝子になりにけるかも

友よりの白きカサブランカ匂ひたちわれを鼓舞する花弁の反りは

いっせいにタチアフヒの真紅炎上のごとわが洞《うろ》をゆさぶりにけり

だいぢやうぶきつと青空に予感めく息吹き上ぐる　生《なま》の試練を

タチアフヒ今を咲く息動画とり友等にラインす　つながる命

あとがき

二〇〇二年に、第一歌集『むらさきの主張』を発刊して早や二十年の歳月が流れた。二〇二〇年に入り新型コロナ、そして二〇二二年の二月よりロシアのウクライナ侵攻が始まり、世界は今、戦後かつてない苦難と、これから先の核への不安を打ち消せない日々をおくっている。広島、長崎の被爆の記憶を思うとき、一日も早い停戦をただ祈るばかりである。

『埋み火』は、私の第二歌集である。二〇〇三年から二〇二二年現在までの歌の中から、自選した六二六首を年代順にまとめた。同人誌「餐」、結社誌「短歌人」を中心に、「NHK短歌」、「短歌研究」、「現代短歌」の読者歌壇の入選作品などをまとめた。

四十九歳の時、短歌をはじめて、三十年の歳月が流れようとしている。小國勝男氏の「餐」に参加して、文学の神髄を探るような氏の思想に魅了されながらも、小國氏が逝去されたのが二〇一六年八月十六日、その五日後に、大森益雄氏が逝去された。

第一歌集発刊後の二〇〇四年に、わたしは「むらさき短歌会」を結成した。それと同時期に、「短歌人」へ入会した。「餐」で、大森益雄氏に出会ったご縁により、もう少し広い意味での勉強を、「短歌人」でしてみようと思ったのだ。大森氏が逝去されるまで、大変お世話になった。その後、「短歌人」の小池光氏に師事し、選歌をしていただいている。

歌集『埋み火』は、今は亡き、小國勝男氏、大森益雄氏の呼吸を直に感じられる、また影響を受けているかと思う。特に今も小國氏の前衛に魅了された息遣いを、私のなかに沁み込んだ証として懐かしくもあり、またそれを誇りとも思う。

第二歌集『埋み火』の歌集名は、

　わが裡のデブリとりだす埋み火のくすぶる物体《もの》を業《ごふ》と言ふのか

から採った。この歌は、東日本震災において、福島原発事故の、デブリをとりだすのに四十年かかるということから出来た。私の裡にもそのような、埋み火が、潜んでいるのではと思うときがある。「現代短歌」へ投稿して、久々湊盈子氏の秀作に選んでいただいた。

装画は、フェルメールの「真珠の耳飾りの少女」を使わせていただいた。

　フェルメール・ブルーのターバン巻きてゆく街はもう秋　透明な風

この歌は、平成二十四年度のＮＨＫ全国短歌大会にて、梅内美華子氏の特選であった。オランダ人画家ヨハネス・フェルメールの絵画のなかで、最も有名で、人気のある油彩画「真珠の耳飾りの少女（青いターバンの少女）」は、オランダのモナリザとも言われている。ＮＨＫホールの舞台で表彰された、想い出深い作品から希望したものである。

また想い出深い作品として、平成二十六年度のＮＨＫ全国大会の近藤芳美賞に十五首入選の、「予感」を収録した。

東日本大震災、夫の病気、私の脳の手術、夫の死を経て、コロナを潜り抜け、今生きているこの身を思うとき、第一歌集の後の二十年間の私の生きた証ともいうべき歌の数々を歌集にまとめておこうと、思い立ったのは何故だろう。

「むらさき短歌会」を結成して、多忙な日々であったが、気付けば短歌を始めてから三十年、私の短歌道の作品を曝け出して、そこから視野を拡げるためにも、ここで纏めておくべきだと決意した。暗い谷間の崖っぷちから這い出る証のように。

夫の転勤で、兵庫県から移住してきた鹿嶋の地が、私の短歌への道を、決めたのかもしれない。生前、夫はこの鹿嶋だから歌が詠めるのかもと私に言っていた。

鹿島神宮は、日本建国、武道の神様である「武甕槌大神」を御祭神とする、神武天皇元年創建の由緒ある神社である。夫の定年後、私も共に境内の森を散歩したものである。鹿島神宮はかつて松尾芭蕉も訪れ、森を歩くとその時詠まれた句碑があり、苔むして何とも言えない寂びを醸し出している。

夜中にパソコンに向かっていると、夫が「よく頑張るね」と励ましてくれた。歌への取り組みを、一番理解してくれたのも夫かもしれない。それに次女の榎本麻央も歌人の道を励むようになるなんて、誰が予想したであろうか。

これからも、短歌への挑戦をつづけることは、時に厳しい試練の道であるかもしれないが、この歌集発刊が今迄のように地道に歩みを続けていくための布石となりますように。

本歌集を纏めるにあたり、いつも私を支えてくれる「短歌人」、「餐」そして「むらさき短歌会」、「鹿嶋短歌会」「茨城県歌人協会」の仲間たち、先輩や歌友の皆様に感謝申しあげる。

小國勝男氏、大森益雄氏亡きあと、現在師事している「短歌人」編集委員、小池光氏に、帯文をいただくことが出来厚く感謝申し上げる。

六花書林の宇田川寛之氏には、私の要望を入れてくださり感謝申し上げる。私の願いを込めた素敵な装幀にしていただいた装幀家の真田幸治氏に感謝申し上げる。

「短歌人」の編集委員の皆様、全国の多くの会員の皆様方にも感謝申し上げる。

むらさき短歌会発足当時からの、会員の三田三千夫氏、榎本麻央氏、今は亡き高安優輔氏、当会員の青木洋子氏、高井朝子氏、狩谷順二氏、田鍋一樹氏、大橋角蔵氏、根崎彰氏、志村昌彦氏、羽田英亮氏、田口ひろ子氏、木滝とよ子氏ほか会員の皆様に感謝である。私の実家のような鹿嶋短歌会代表の粟屋トク氏ほか会員の皆様に感謝である。「餐」の代表岡田恭子氏ほか会員の皆様に感謝である。また大会の交流などでお世話になっている、潮来短歌会、水郷短歌会、鹿行短歌会の会員の皆様に感謝である。茨城詩壇研究会「シーラカンス」では、橋浦洋志先生はじめ会員の皆様に感謝である。

私の主治医のK氏にも、手術後の検査など、今も大変お世話になり感謝申し上げる。今は亡き夫（谷垣武志郎）が生前励ましてくれた深い想い、長女夫婦の鈴木孝雄、鈴木久美子、次女夫婦の榎本裕基、むらさき短歌会会員でいつも私を支えてくれる榎本麻央、四人の男孫達にもありがとうを言いたい。

庭には今は亡き夫が愛でて遺した、立葵の真紅が庭を華麗に埋めて、碧空を研ぐようにぐんぐん伸びている。私が花に水を撒くその飛沫に青紫の揚羽蝶が夫の化身のように絡まり舞っている。立葵の真紅の焔は私を励ますように。『埋み火』の発刊を待つように、天に未知数の香りを放っている。

最後に、拙著を御手に取って下さった皆様に、心からお礼を申し上げる。

二〇二二年七月

谷垣惠美子

著者略歴

谷垣恵美子（たにがきえみこ）

1941年５月20日、兵庫県尼崎市生まれ
1974年、兵庫県西宮市から夫の転勤に伴い茨城県鹿嶋市に転居
1990年、「鹿島短歌会」入会
1996年、「餐」に参加、小國勝男氏に師事
2002年12月、第一歌集『むらさきの主張』を短歌研究社より発刊
2003年、茨城詩壇研究会「シーラカンス」に参加、橋浦洋志氏に師事
2004年５月、「むらさき短歌会」を立ち上げる、代表
2004年、「短歌人」入会、大森益雄氏に師事
2005年より2015年まで「筑波愛の歌百選」の県内選者
2006年より「かしま灘楽習塾」講師（むらさき短歌会）
2016年８月、小國勝男氏、大森益雄氏死去
2016年９月より小池光氏に師事
2021年３月、「鹿嶋短歌会」退会
現在、「短歌人」同人、「餐」同人、「むらさき」代表
　日本歌人クラブ会員、茨城県歌人協会理事、茨城県詩人協会会員、
　茨城詩壇研究会会員、鹿嶋市文化協会理事
　鹿嶋市文藝連盟事務局長を14年、2022年より鹿嶋市文藝連盟会長
　茨城詩壇2007年前期賞、平成24年度全国ＮＨＫ短歌大会特選
　平成26年度ＮＨＫ全国大会、近藤芳美賞15首入選

現住所　〒314-0031
　　　　茨城県鹿嶋市宮中2047－4

埋み火

2022年９月17日　初版発行

著　者――谷垣恵美子

発行者――宇田川寛之

発行所――六花書林
〒170-0005
東京都豊島区南大塚３－24－10　マリノホームズ１Ａ
電 話 03-5949-6307
FAX 03-6912-7595

発売――開発社
〒103-0023
東京都中央区日本橋本町１－４－９　フォーラム日本橋８階
電 話 03-5205-0211
FAX 03-5205-2516

印刷――相良整版印刷

製本――仲佐製本

定価はカバーに表示してあります

ISBN978-4-910181-38-7 C0092